호수의 책

지혜사랑 258

호수의 책

강익수

지혜

시인의 말

텃밭에
개미가 다니고
열무꽃이 피고
어떤 날은
별빛 폭설이 내리고
산과 호수가
들어서기도 합니다

첫 수확입니다

2022년 10월
강 익 수

차례

1부

2부

3부

4부

1부

세상 끝의 집*

그곳엔 수도승들이 있다

댕그랑 댕그랑
종소리는 이내 고요의 자세를 취한다
땅속의 은수자 풀잎은 지상으로 나와 낮게 세상을 섬기고
바위는 대지를 안고 묵언 중이다
몸의 정신으로 정착한 나무는
허공으로 길을 내는 숲속의 용맹한 수도사
종소리 울리는 집들은 죄다 나무의 모양으로
우듬지에는 십자가를 두고 있다

새 한 마리 나무 끝에 내렸다 간다

스스로 봉쇄되어
침묵은 수평으로 여정은 수직으로
정중앙의 십자가에 투신한 젊은 수도사
50여 년의 위대한 포기는 영속되어
두 발의 뿌리는 아득하고
새들의 발부리 내릴 정수리도 보인다

어떠한 고난도 포월匍越한 세상 끝의 집이다

>

숲속 봉쇄수사
나무가 되고 숲이 되었으므로
천상과의 합일을 향한 세상의 이방인이다
벙긋한 미소는 강론이 되고
고요한 묵상은 한 줄의 경전이 된다

머지않아 종소리 은은하겠다

* KBS에서 방송한 카르투시오 봉쇄수도원의 다큐멘터리 프로그램 제목

길

노박덩굴이 아름드리 굴참나무에
넌출넌출 길을 내고 있다
나선의 길이 키를 높일수록
나무는 조금씩 야위어 가지만
길 하나 만드는 일이 일생의 과업인 듯
배를 밀며 멈추지 않는다

길은 마침내 나무의 정수리에 이르러
허공을 향하여
취산화서로 꽃봉오리 내밀고 있다
산허리 돌고 돌아
산을 오르는 사람들
산은 조금씩 수척한 모습이지만
봉우리마다 산객들이
취산화서로 피어나는 꽃송이 같다

그런 길이 되어
그 길 끝에서
꽃 한 송이 내밀면
멀리서 오는 사람도
봉우리의 꽃으로 피어올라
온통 산이 환하겠다

사계 四季

봄

오랫동안 얼음 속에 갇혀 웅얼거리던 시냇물 춤추듯 재잘거리며 흘러가자 웅크리고 있던 송사리 기지개를 켜며 살금살금 양지바른 곳에 모여들었다 종달새는 땅과 하늘을 잇대어 재봉하듯 솟구치며 종알거렸다

집 앞 냇가에서 빨래하는 어머니 손이 참꽃 같았다 징검다리 건너 순이네 집 앞으로 갔지만 누런 바둑이는 짖지도 않고 꼬리를 흔들며 반겼다 돌담에 그려둔 눈사람도 녹아버린 듯 흐릿했다 두어 번 기차가 어둠을 지워가는 밤이었다 갑돌이와 갑순이가 결혼하지 못한 것은 이웃사촌으로 지냈기 때문이라는 어머니 말씀에 이불속에서 눈물 흘리다 잠든 적 있었다

징검다리를 건너올 때 얼비치는 물그림자 때문이었을까 이웃사촌은 친척이 아니라 결혼할 수 있다고 어머니는 웃으면서 말씀하셨다 내 얼굴이 어머니 손같이 붉어져 연거푸 물수제비를 떴다

여름

송사리는 뛰어다니는 것일까 걸어 다니는 것일까 나는 뛰

어다닌다 순이는 걸어 다닌다 했다 끝내는 토라져 돌아섰다 누나와 아버지는 뛰어다닌다 어머니와 할머니는 걸어 다닌다 할아버지는 모른다 하셨다

큰비가 내려 며칠간 냇가를 건널 수 없기도 했지만 징검다리가 훤히 드러났어도 하릴없이 냇가에서 물새랑 쫓아다니다 집으로 돌아왔을 때다 어머니는 수박을 주며 심부름 시키셨다 마음이 앞서가는데 머릿속엔 송사리가 앞서갔다 순이는 배시시 웃기만 하였고 순이 어머니는 기다렸다는 듯 따뜻한 옥수수를 한 바구니 담아주셨다 "송사리는 걸어 다니는 것이래" 뜬금없는 말이 튀어나왔다

순이가 괜스레 냇가까지 뒤따라왔지만 아무 말도 못 하였다 징검다리를 건너자 우르르 몰려가는 송사리 떼 물속엔 파란 하늘과 흰 구름이 있고 송사리는 날아다니는 새 떼 같았다

가을

햇살 좋은 곳엔 벌들도 윙윙거리며 가을걷이에 바쁜 날 고추잠자리는 앞산과 다투어 붉게 타오르고 할머니는 지팡이 대신 작대기를 쥐고 콩을 털었다

>

탁탁 개구리처럼 튀는 콩을 줍느라 나와 순이는 할머니 주변을 맴돌았다 주르르 폭 내가 콩을 밟고 넘어질 때 순이도 넘어지고 "저런 칠칠치 못하게 곰보 되면 어쩌려고" 할머니 말씀에 서로 얼굴을 쳐다보았다 순이가 두 손 가득 콩을 주워 할머니 앞에 놓으면 "순이는 콩도 잘 줍네" 할머니 칭찬에 슬쩍 샘이 났다가도 우리 셋 덩달아 기분이 좋아지곤 했다

다람쥐는 볼록한 빰으로 힐끗 쳐다보곤 바쁜 듯 지나가고 감잎과 담쟁이 잎은 아버지 술 취한 듯 비틀거리며 내려와 땅마저 울긋불긋 물들이고 있었다

겨울

분주하던 다람쥐 도토리와 함께 사라지고 감나무엔 까치밥 두어 개 남았을 즈음 냇가 건너 순이는 겨울 속으로 들어가 버렸다

해지고 나면 대숲은 밤이 적적한 듯 새들을 불러들였다 어둠이 길을 삼키고 산마저 삼켜버리자 바람은 제멋대로 낙엽을 몰고 다녔다 간간이 들려오는 부엉이 울음소리에 오줌이 마려워도 참고 잠들었다 일어난 아침이면 어머니

17

께 혼이 나곤 하였다 아버지도 어머니도 할아버지 앞에선 꼼짝 못 하였지만 화롯가 군밤 노릇노릇 익어 갈 때 긴 담뱃대 두드리며 나를 부르는 할아버지가 좋았다 가끔 심술궂은 바람이 꼬리연을 가져갔어도 자고 나면 사랑채엔 새로운 연이 나를 기다리고 있었다

사립문 나서서 냇가 건너편 바라보는 사이에 복슬이는 꼬리를 흔들며 앞서갔다 어리어리 졸고 있던 들판을 가로질러 꼬리연 하늘의 콩무늬를 찌르면 마른 하품을 하던 하늘도 눈발을 날리곤 했다

눈 내리는 풍경

한 사람이 앞서가자 네 사람이 되고 백 사람이 되고 마침내 커다란 바람으로 나아간다 자꾸 연약해서 펑펑 까맣게 무리 짓는 것 아닌가 그럴 때 어떤 절대자도 권력도 쓰러뜨린다는 것을 눈은 알고 있었나보다

지난 밤사이 눈은 단번에 세상을 점령해버렸다 고 연약한 것이 어디다 그런 완력을 숨겼을까 고 작은 것이 어디다 그런 중력을 가졌을까 소나무를 꺾어놓고 축사를 무너뜨리고 도로를 마비시키더니 학교를 일터를 정적 속에 가둬버렸다

모여서 함성을 지르던 사람들 가정으로 돌아가 어린 자녀 앞에서 한없이 다정해지듯 눈은 아이들의 여린 발 사분사분 받아주며 놀아주기도 한다 꺾이고 마비된 고립이면 어떤가 모두가 낮아서 깊어지는 하나의 풍경을 그려본다

사람과 돌의 간극

눈 깜짝하는 사이
100년이 지나간다
한 걸음 내딛는 사이
1000년이 지나간다
말 한마디 건네는 사이에
10000년이 지나갔다

달팽이 걸음은 광속의 행보
하나의 문장이면 수만 년이 걸리는데
너희는 수 초 만에 완성한다
잠깐의 묵언수행이면
너희는 세상의 도서관을 가득 채우고도 남을
말의 홍수를 쏟아낸다

종이 다른 소통의 부재는
이렇듯 느림과 빠름의 간극인데
너희는 이를 생물과 무생물이라 한다

100년도 무른 너희들이
빠른 것만 쫓아가니
지구가 돈다

클릭

자꾸만 작아지고 있어
앞산과 뒷산은 자리를 바꾸어 있고
자유의 여신상은 제주도보다 가까이 있어
저마다 이기적이기만 하면
전갈은 빌딩 속에서도 살아갈 수 있지

기다란 목을 웅크리고 있던 기린과
답답하다고 가슴을 두드리던 곰이 사라졌다
작아지기를 거부하던 공룡의 발을 따라간 것일까
텅 빈 아프리카의 사바나와 북극의 빙하에서
문맹의 제국을 꿈꾸고 있을까

일시에 몸을 감추며 언제나 도착점이 같다는
공통분자로 우리는 표정조차 비슷하지
마르크스가 갈망하던 세상 조금씩 다가오고 있어
더 열심히 작아지기를 멈춰선 안 돼
어린 왕자의 작은 행성이면 지구를 통째로 옮겨도 여유
로울 거야

점보다 작아져 빛의 날개를 단다면
단 한 번의 클릭으로 내일은 작은곰자리 꼬리별로 갈지
도 몰라

언젠가 불꽃처럼 소멸할 수도 있다는 두려움은 있지만
한번 튕긴 공은 영원하다는 가설을 믿기로 하자

늑대의 길

  늑대 한 마리 하늘을 우러러 목소리 높이자 나머지 늑대들 일제히 목소리 높였다 주먹을 내지르며 거리를 점령하였다 사냥감은 보이지 않았다 좌우가 모호한 참수리들과 씨름하다 허기에 지쳐 집으로 돌아왔다

  여우를 닮아가던 마누라는 토끼의 하얀 두개골을 긁으며 저녁 식사 준비를 했다 귓속으로 굴러다니는 선구자의 말을 가족에게 들려주었다 개구리처럼 눈만 껌벅였다

  곳간이 바닥을 드러낼수록 함성은 거리를 흔들어 하늘을 향한 우레 같았다 새벽이면 삐걱대는 잠자리에 뒹굴던 초원의 붉은 냄새가 빠르게 숲속으로 사라졌다

  자꾸만 길어져 가는 시소의 끝자락에 앉아 엉덩이에 힘을 주지만 발은 허공을 딛고 있다 몇 번의 계절이 지났던가 불안이 불만으로 바뀔 즈음 거미가 오르내리던 곳간에 고기가 쌓이기 시작하고 맛있는 소고기까지 식탁 위에 올라왔다 몇 마리 비둘기 고기 더하면 우화등선이 부럽지 않겠다

  아직 단단한 다리의 근력이 바닥을 구르기도 하였으나 만찬을 즐기는 미각과 후각의 제동에 한 발짝도 움직일 수 없었다 어디든 살만한 태평성대에 늑대라고 취미가 없겠는가

일상의 일탈을 즐기면서 시간과 취미는 정비례로 토끼와
초원은 반비례로 나아갔다

  가득 찬 곳간을 두고도 꼬리를 흔들며 컹컹거리는 거대한
늑대, 바위엔 음각의 늑대 발자국 선명하다

거미

허공에
한 가닥 불심으로 지은
사찰

없는 듯 있으므로
공즉시색으로 엮은
투명한 법문 같다

기다림마저
바윗돌 같은 수행의
길

지나가던 불자
제 몸 던져 불공 올리면
출렁이는 죽비

적막한 하늘에
발우도 없는
청빈한 공양

석남사* 가는 길

달빛이 참 곱습니다

가로등과 길은 하나가 되어 다정합니다
그날 우리는 각자 집으로 갔을 터이지만
그대 떠난 일이 화두가 될 줄은 차마 몰랐습니다
가득 채우면 밀려날까 수학책을 꺼내었지요
사는 것도 수학 같았으면 했습니다

세면대 앞에서 사무실 상사 앞에서 배를 올리듯
산사에서도 수행의 나날입니다
소시민의 생활이 생산적이라면
산사의 벽은 얼마나 소모적인가요
웃어도 웃는 것이 아니거늘
산을 보아도 산이 아닌 참화두의 경지인가요

풍경도 소리도 두고 오는 길
잎사귀 황홀히 벗어던지는 느티나무를 처음인 듯 보았
지요
난 기껏 마른 비늘 몇 조각 떨어뜨릴 뿐
잊어달라는 말 모로 누워도 흘러내리지 않아요
기억의 형벌은 시간보다 가혹한 것인지도 모르지요

달빛이 멀리 있습니다

* 울산 가지산에 있는 사찰로 비구니 스님만 있다

히페리온*

걷는다
온종일 십 년을 평생을
잠자는 동안에도 걷고
바위틈으로도 걷고
대지가 꽁꽁 얼어붙어도
태풍이 몰아쳐도
비가 오면 먼저 비를 맞으며
번개 치는 하늘로도 걷는다
가장 여린 손끝으로 발끝으로
달팽이보다 느리게

걸음은
하늘과 땅을 향한 수행의 자세
수행이 오래일수록
걸음은 더욱 깊고
자부룩하다

* 지구상에서 가장 키가 큰 나무로 미국 캘리포니아 레드우드 국립공원
에 있다 높이가 115미터를 넘는 것도 있다

하늘의 양식

밤이 되자 산은 거대한 짐승이 되어
하늘 아래 가장 큰 짐승만이 먹을 수 있는
하늘의 유두인 둥근달을 입에 문다
큰 산일수록 거느린 식솔들이 많아
키를 높여 흥건히 땀에 젖도록
배를 채우면 달빛은 점차 야위어가고
아침이면 젖은 이마를 구름이 닦아 준다

산은 조금씩 내어주면서
나무를 키우고 작은 내를 만들어 나가던
강물의 바다는 하늘에 발을 딛고
지상에 머리를 둔 또 다른 산
바다와 산은 강으로 연결된 대칭의 한 몸이다
기도하듯 바다가 채비를 하는 밤이면
달은 바다로 내려가 양식을 베풀고
새벽이면 지친 달을 밀어 올리는 물안개

한 끼의 식사에도 거슬러 가면
하늘로부터 나오지 않은 게 없으니
나무와 사람과 고래와 모든 생명체는
하늘의 식탁을 함께하는 형제
저마다 몸속에는 높은 중력이 흘러
사람은 때로 하늘을 찾기도 한다

빅뱅의 후예

모든 신화를 거슬러 가면
138억 년 전 적막한 우주의 자궁에 닿는다

탄생은
플랑크 스케일과 시간의 요동치는 빅뱅의 후예

사랑과 파괴, 정의와 불의 혼돈의 영역에서
자기 복제를 향한 감출 수 없는 욕망이
내 심장에 뛰고 있다

풀과 돌멩이에도
부단히 소멸을 극복하기 위한 심장이 있다

혼돈의 시간을 넘어간 페가수스
포효하던 목소리 잦아지고 억제된 꼬리는 퇴화되어
별이 되었다

퇴근길
지폐 같은 사람들로 가득 찬 지하철
거침없는 질주와 굉음에 숨죽인 도시는
아무도 발 딛지 않은 138억 년 전의 적막한 자궁이다

>
한 바구니의 욕설을 하수구에 버리고
달빛으로 몸을 씻고 별빛을 삼키며
또 다른 혼돈의 블랙홀 속으로 빨려들어 간다

별빛 폭설

가뭄에 말라버린 호수 물안개 피우는 꿈이라도 있겠지 둘이서 하나의 길을 가며 꽃보다 아름다웠던 날, 가없는 사랑은 흩날리는 눈밭에 서 있는 가을부채

분침만으로 밀고 온 세월 앞산과 뒷산을 불러 술 한잔 나누다가 그들이 취하여 풍경이 바뀔 때면 취하지 않고는 부를 수 없는 이여 청하노니 술 한잔 나누고 싶어라 그날을 위하여 술 한 독 빚고 있거늘 산마루에 걸터앉아 함께 놀던 구름에게 일러둘 것이니 구름 따라오시게

이슬 지는 열나절 건너 그대 마주한 순간 석상이 되어도 좋으리 나 지나온 길 술잔에 담겨 있으니 천천히 들며 바람결에 들려도 애써 귀를 막았던 그대 이야기 검은 눈망울에서 검은 눈망울로 건너와 비로소 멈춰선 시침이 흐르고 그 세월 다 넘기며 술 한 독 비우고 나면 차마 잠들어 있을 것이니 그때 떠나시게

다만 혹여 별빛 같은 폭설이 내려 하루가 사나흘이 되면 어쩔까

꽃의 이동법

절벽에 둥지 튼 운수납자
바람과 비의 공양으로
하안거를 지나는 동안
햇살은 정수리에 봇짐을 꾸려
마음 따라 살아라 한다

애써 만든 둥지
새처럼 소유하지 않고
절벽은 절벽으로 돌려주고
바람이 점지해준 꽃의 이동법
하안거가 끝나는 날이다

2부

사춘기

버스를 타고 비포장도로를
덜컹거리며 달릴 때였습니다
의자에 앉은 어머니를
내려다볼 때였습니다
왈칵
먹먹하고 서럽고 부아가 치밀어 오르는데
흔들리는 버스가 나를 잡고 있었습니다
듬성듬성한 어머니의 정수리를
그제야 처음으로 보았던
순간입니다

우물가에서 물을 길어오고
앞 시냇가에서 빨래해오고
이십 리 길 장날에 쌀 몇 되 달걀 한 바구니로
사 오신 바지락과 고무신이며
모심기하던 날 그 많던 사람들의 점심이며

어머니의 정수리는 짐을 나르는 수레였습니다

그 물을 마시고
흙투성이 씻은 옷을 입고
따뜻한 바지락국을 먹고 고무신을 신고

논둑에서 배불리 밥을 먹었습니다

아직 교복을 입고 군대도 가야 하는데
사람도 새처럼 부모 곁을 영영 떠나간다면
어머니의 정수리는 아직 성할 텐데
……

나의 사춘기는
어머니의 정수리에서
오고 있었습니다

풍향계

그가 수평의 몸짓이면 많는 비가 내렸다
그런 날 수직으로 서고서야 평온이 찾아왔다
그도 길어지면 태양은 가까이 춤을 추었다
멀지 않은 곳에서 기우제가 열리곤 했다
가끔은 뜬소문 같은 굉음과 혼탁 속에 뜬금없이 삶이 도
난당하기도 했다
잠자리의 그림자를 품고 송사리 집이 되어주었다
물의 길을 알려주는 그의 몸에선 광채가 흘러나오곤 했다

아버지는 술로 인하여 몸마저 가누기 버거워하셨다
간절한 바람은 죽음으로 완성된다
앙상한 갈비뼈와 우뚝한 콧날
몸을 비워 심장으로 들어오는 바람의 말을 들었다
말의 날개가 쇠잔하여 스르륵 멈춰선 것만 같았다
술에 취해 비틀거렸다기보다는 바람의 각도에 흔들렸던
것이다
그마저도 작별한 듯 미동도 없는 풍향계,
산 자와 죽은 자 손이 닿았을 때
이승과 저승의 육신으로 흐르는 것도 바람 같은 것일 터

당신은 필시 바람에 날개의 유서를 쓰신 것이지요
나부끼는 글을 해독하느라 어둑해서 돌아온 날,
어깨를 들먹이던 외투가 낯익은 모습으로 걸려 있다

어머님의 안식

무소유의 용맹한 정진에 동참하였다
식사는 공기로 대체하니 시작부터 난관이다
어제보다 더 가벼워지는 수행의 길이다

침상을 에워싼 것은 적요한 눈인사였다
가벼운 선잠으로 유영하듯 구월의 소낙비가 장독대로 달
려간다
빨래를 걷고 잠자리 꽃잎을 흔드는 소리에 사뿐 깨어난다

다시금 무심히 평온한 마을
쑥부쟁이 하얗게 미소 짓는 채마밭 길 지나간다
반짝이는 장지문 고리 잡아보고
액자에 포박된 지아비에게 잠시 눈길 건넨다
가뿐하게 앞서가는 헤아릴 길 없는 미륵의 얼굴처럼

철새가 먼 길 떠나기 위해 깃털을 고르듯
몇 번의 긴 호흡이 이어지며 둘러선 무거운 말들
안개보다 가볍게 사라진다
이제 공기마저 내려놓으셨나보다
잠시 중심을 놓친 순간이 동행과 수행의 길이 끝나는 지
점이었다

풍경 소리

미루나무는 날씨가 더워질수록 깊게 머리를 숙인다 잎마다 물을 마셔 하늘만큼 높았다 구름은 느릿느릿 흘러 자꾸만 강물의 손을 놓친다 어미가 세찬 물살의 기억을 떠올리며 바위와 수초 틈에서 아늑한 집 한 채 궁리할 때 철없는 어린 물고기 물 밖을 기웃거린다 누렁소 곁을 촐랑이는 송아지 동심원을 따라 물속을 기웃거린다 매미 두어 마리 소란스러워진다 기다렸다는 듯 산기슭의 뻐꾸기 더해 소리도 풍경이 되는 곳

어머니의 은색 대야에는 집으로 가져갈 빨래가 쌓여간다 물 건너 그림자도 보이지 않는 소녀는 소년의 볼을 부풀린다 제 머리만 한 돌멩이 들게 하더니 그 심통 강물에 던진다 일순간 미루나무 구름 물고기 자지러지고 심심히 그림자놀이를 하던 해도 깜짝 놀란다 앞산은 소리도 없이 무너져 내려 풍경은 일시에 풍산이 된다 소녀는 가만히 있어도 세상을 움직이는 방망이 하나쯤 가지고 있다

시골 버스

1970년대 초 인근 도시의 고등학교에 진학하여 자취할 때였지요. 운행 시간표는 있어도 그만 없어도 그만 두세 시간에 버스 한 대 다니는 시골, 가방을 똑바로 간수해야 한다는 어머님 말씀을 뒤로하고 신작로를 향해 걸어가고 있었는데, 멀리 버스가 뽀얀 먼지를 일으키며 달려오고 있었어요. 나도 버스를 놓치지 않기 위해 달리기 시작했지요. 느긋한 시골 운전기사님 달려오는 나를 보고 버스를 세워 잠시 기다려주었지요. 가까운 산골에 풍경 좋은 사찰이 있어 버스는 조금 혼잡하였고요. 가쁜 숨을 몰아쉬며 의자 위 짐칸에 가방을 올려놓고 막 교모를 벗고 땀을 훔치는데, 가방에서 벌건 김칫국물이 그것도 중년 여행객의 머리 위로 흘러내려 일순간 당황하고 남사스럽고 죄송하고 민망하여 황급히 가방을 내리는데, 냄새는 염치도 없이 얼마나 빠르게 풍기는지 얼굴은 김칫국물보다 붉어졌을 테고요. "학생 자취하나 괜찮다 마 닦으면 된다" 하면서 얼굴에 묻은 김칫국물을 손수건으로 닦고, 옆 아주머니는 "아이구야 우리 남편 김치 좋아하는 줄 우째 알고 고마 잡수소" 황당한 소동이 한바탕 웃음소리로 바뀌고, 뚱뚱하고 낯익은 차장 누님 걸레를 쥐고 바람의 속도로 달려오고, 모든 시선은 내게로 향하고 냄새는 그들로 향하고, 운전기사님은 아무런 일 없다는 듯 속 터지게 느릿느릿 달리고, 숨차게 뛰어와서 버스에 타느라 어머님의 당부도 잊고 가방을 눕혀

실은 것이 사단이었지요. 자취방에 도착한 뒤에도 승객들의 웃음소리 귓속을 떠나지 않고 김치 냄새 방 안에 가득하였지요.

　밀폐용기도 없던 시절, 다독여 주던 승객들, 좌석 위 그물망의 짐칸, 시내버스 요금 15원 하던 시절이었습니다.

이웃

마산댁과 순천댁이 가져온 가자미와 숭어가 숭숭 뚫린 울타리를 지나다녔다 오이와 호박은 그곳이 집이었으므로 두 밥상 중 하나를 선택할 수 있었다 고양이와 개들은 두 지붕 한 가족으로 지냈다

돌담으로 바뀌자 오이와 호박은 월담을 즐겼으나 누구도 간섭하지 않았다 상추와 미꾸라지도 가볍게 담을 넘고 감 나무는 무심히 넘어선 제 그늘이 미안한지 잘 익은 홍시를 그늘 곁에 놓아두곤 했다

아내는 고향을 두고 오지 않았지만 경아 엄마로 불렸다 돌담에서 벽으로 바뀔 때 벽을 통과하지 못한 목록에 고 향이 있었다 실틈도 없는 벽으로 쓸모없는 소리만 드나들 더니 그도 침입자의 블랙리스트에 올라 감시 대상이 되었 다 공동경비구역을 통과한 먼지 같은 소리만 출입이 허락 되었다 윗집이 이사 가던 날 떠나가는 이삿짐 차량과 작별 했다 한 지붕으로 지내면서도 그들의 말투와 나이를, 식탁 을 꺼내는 것은 무례가 되어 엘리베이터에서 눈인사만 주 고받았다

낯선 얼굴 마주하면 바뀌는 숫자나 휴대폰을 바라보겠 지 그림자만 주고받겠지 개는 입을 벌려도 소리는 증발하 고 없다 사람은 고양이 발을 닮아가고 공동경비구역이 평 온하다

시간 여행

"세월 가는 거 잠깐이야 학생 나이 때가 엊그제 같은데 벌써 육십이 되었어" 오래전 외지의 고등학교에 입학하여 일주일을 일 년 같이 보내고 처음 집으로 가던 기차에서 환갑의 두 노인 내게 건넨 말씀

살면서 가끔은 그때가 생각나고 어느덧 나도 그 나이가 되었다 그래도 난 그렇게 주름진 얼굴 아니라고 지금도 한라산 지리산 오르내린다고 자신 있게 말하는데 언제 생겼는지 손등의 짙은 반점 먼 산에 걸친 구름 문양 소소히 살펴보는 일상 이제는 생을 엮어 가는 일보다 반추의 시간이 많아지는 때라는 것을 손등이 먼 산이 말한다

하루 두 번 두 칸짜리 기차는 풍경을 흔들어 놓고 멀어져 가고 친구도 선생님도 순이도 그리고 나도 누군가로부터 떠나갔을 등 굽은 길은 허리를 세우고 굳어 있었다 절반의 약속으로 절반의 만남을 나누고 돌아가는 길 어머니와 사탕의 달콤한 어린 미소를 기차는 덜컹거리며 시간을 깨워 놓는다 오래전 아버지가 그랬던 것처럼 한 봉지의 사과를 들고 집으로 향하면서 내 아들이 또 손자가 사과를 들고 세월의 기차와도 같이 집으로 가는 모습 그려 본다

참말

이십 리 길 오일장 다녀오신 어머니
여름에는 운동화 장수 물에 떠내려갔다더니
겨울에는 공 장수 얼어 죽었다 했다
큰비가 내리면 징검다리 떠내려가고
추위에 얼음지치기하다 귀가 얼은 적이 있으므로
고무신을 신고 바람 빠진 공으로 공차기했다

부처보다 부처 같은

사월의 동학사에 갔더니
부처는 절간에만 있는 게 아니었어
흐드러진 벚꽃만 아름다운 게 아니었어

둥글게 모여있는 사람들
한가운데 기타 치며 노래하는
벚꽃보다 눈부신
파란 비구니를 보았네

통속한 노래도 찬불가가 되는
새와 벚꽃과 사천왕도
가만히 귀 기울이는
노래하는 부처를 보았네
부처보다 부처 같은

발

무심도 하지
얼굴의 조그만 뾰루지도 신경 쓰면서
발등이 퉁퉁 부어올라도 곧 가라앉겠지 하며
한 달을 버티다 병원에 갔다
검사하고 진료하고 예약하고 검사하고
검사의 강도가 높을수록 두려움의 수치도 상승하였다
여전히 부어오른 발 걷기도 불편한데
두 달이 지나서야 이상이 없다며 정상 활동을 권했다

그동안 혹사당하면서도
머리에서 가장 먼 곳에 있어 무심한 내게
관심을 가져달라는 신호였을까
하기야 발에도 생각이 있다면
변방의 병사들이 부족한 군량미와 추위에 반역을 도모하듯
오래전 반기를 들었을 것이다
여행과 등산을 좋아했고 젊은 날 힘들었던 군 생활도
발의 몫이었지만 발이 얼마나 힘들게 버텨왔는지는
얼굴의 조그만 뾰루지보다 관심을 두지 않았다

어머님이 그랬다
어머님은 신호조차 보내지 않았다

시간의 징검다리 건너가면

1

달력의 숫자를 보면 시간의 징검다리인 것만 같아 그 징검다리 한 번쯤 앞서가고 또 뒤돌아도 가보고 싶었어

2

느긋하게 아침 식사를 하고 배낭을 둘러메고 길을 나서네 들길로 가면 들꽃과 산으로 가면 새와 나무와 말을 나누네 편편히 어깨동무를 하고 뒹굴기도 하고 장난스레 렌즈 속으로 들어가기도 하면서 그대로 들이 되고 산이 되네 우리였다가 더러는 남이 되곤 하였지만 그곳엔 언제나 우리였다네 길위의 자유와 여유 백발이 되어서야 가져보네 먼 길에 더러는 힘이 부치기도 하면서 어둑한 길 돌아오면 멀리서 하찌*를 부르는 천사 같은 목소리에 밀려오던 피곤 일순간 사라지고 손녀 손 잡은 아내 잔소리 허기진 배를 채우네

3

분주한 출근길 마음 없이 웃기도 하네 잠든 햇살 책갈피에서 꺼내면 늘 따뜻한 봄날이네 저 멀리 우두커니 서 있는 사람 일순간 일곱 가지 마음 신기루처럼 밀려와 세상이 우뚝 정지하였네 천둥은 요란한데 내겐 여전히 선택의 여지가 없네 노을도 사라진 들녘에서 허기지고 피곤한 몸으로 아버지와 어머니 집으로 향하는 모습 보이네 객지로 나간

자식 걱정 등록금 걱정이 붉은 별빛으로 흘러내리는 밤이네

4

징검다리 제자리 돌아와 보니 손녀 목소리 아내 잔소리 모두가 사랑이네 이정표 없는 길은 두려움이 앞서네 영영 나에게 돌아오지 못할지라도 멈춰선 세상 부딪쳐 볼 걸 바람은 또 어디로 향하는지 두고 볼 걸 어둑한 길 집으로 향하던 아버지 어머니께 무심한 듯 말해보고 손잡아 볼 걸 같이 집으로 가 어머니는 밥을 짓고 아버지는 쇠죽을 끓이고 나는 아궁이에 군불을 피우며 밥상에 마주 앉아 따뜻한 밥 한 그릇 먹어 볼 걸

* 어린 아이가 할아버지를 부르는 말

그대

그대 사랑함은
함께 일어나
눈부시게 쏟아지는 아침 햇살
나란히 창가에서 바라보는 일
발코니 화분 사이사이
햇살 스며들어
꽃대 세워가는 것 바라보는 일

그대 어쩌다 친정에라도
가고 없는 날이면
쏟아지는 아침 햇살 놓쳐
하루가 심심히 지나가고 말아
기다림의 시간 가져보는 날

그대 아침 지을 때
집안 가득 사랑의 냄새 채워가고
그 향기만으로도 하루가 든든해져
꽃들이 방긋방긋 미소 짓네

그대 함께하면
우린 시인이 되고 화가가 되네
그대 파랑색 나는 파란색

그대 노란색 나는 노랑색
이야기도 눈짓도 걷는 것도
시가 되고 그림이 되네

물의 뼈

하얀 눈송이 내리면
그 속엔 뼈로 된 씨앗이 있어
강과 호수 심지어 나무의 몸속에서도
단단한 뼈로 자란다

강이 올곧게 바다에 닿기까지
무른 흙은 그의 살이 되어
거대한 하나의 뼈로 흐른다
태풍을 가르는 풀잎 속엔
태풍보다 억세고 부드러운 뼈가 있다

우리는 양수에서 유영하면서
삼백오십여 개의 뼈로 태어난다
물의 뼈가 없다면
눈과 코, 입도 없다

이른 봄날의 매화와
벚꽃과 찔레꽃 지나
하얀 눈꽃에 이르기까지
눈부신 뼈들의 화음이다

물의 꽃

허공이 허공을 밀며
몽알몽알 피어오른다
기도하듯 두 손 모으면
다발로 화답한다

어느 때든
머리끝에서 발끝까지
오로지 나를 위해 피고 지는 꽃

나의 애인도
나를 그토록
사랑하지는 않았다

안개꽃과 눈물꽃도
안개와 눈물만 남겨두고
거품이 사라지는 것은
일순간이었다

그 조각 움켜쥔 것만 같은
단단한 물의 뿌리로
꽃이 되고 싶다
너에게 닿고 싶다

3부

비문증

엄동설한에 잠자리 두어 마리 키운다
아니 키우는 것이 아니라
지난여름 소나기가 내리던 날이었다
조용히 온 집안을 휘젓고 다니기 시작했다
처음엔 소나기를 피해 들어온 줄 알았다
창문을 활짝 열어도 나가지 않더니
가을이 지나고 겨울인데도
떠날 생각도 없이 무단 기숙하고 있다
어디든 그림자처럼 따라다닌다
이런 껌딱지 같은 놈이 있을까
내겐 눈만 뜨면 보이지만
남들에게는 보이지 않는 변신술의 귀재이기도 하다
아무래도 안 되겠다 싶어
병원의 주사기와 칼이라도 들이대면
무서워서라도 도망가겠지 하며 병원에 갔다
의사는 이곳저곳 살펴보더니
눈 속에 든 잠자리인지라
어쩌면 평생 같이 지내야 할 동반자라 했다
여태 한눈팔았던 적 없는데 새로운 동반자라니
앞서 아내가 내 눈에 들어왔던 적 있다
방심한 사이 언제부턴가 눈은 두고 귀로 들어오기 시작
했다

아내가 다시 눈에 들어온다면
성가신 잠자리도 쫓아내고 참 좋을 텐데

5분의 여유

매일 5분씩 늦게 가는 시계
불편에 골똘하다가 5분씩 늦게 맞춰 보기로 했다
처음엔 지각으로 5분 늦게 들어간 교실처럼 어색했지만
차츰 익숙해지면서 하루 5분의 여유를 즐기게 되었다
표준시로 재단한 나의 하루는 24시간 5분
한 달이 되자 150분이 일 년이 되자 1825분의 시간이
덤으로 생겨났다

5분의 여유가 있다는 생각에
뜨거운 커피잔을 들고도 느긋해져
처음으로 깊은 향을 마셨다
거울 속 희끗희끗한 머리카락도 자세히 살펴보니 멋있게
보이기도 했다
잊고 있었던 옛 애인이 떠오르기도 했다
달리기 선수는 1초의 단축을 위해 청춘을 투자하는데
하루 5분의 시간을 나에게 투자하자
차츰 시간의 경계가 사라졌다
시時가 시詩를 내어놓기도 했다

모처럼 만난 친구는 내게 젊어 보인다며 부럽게 바라보
는데
나만의 비법을 알려 주며 술도 공짜로 먹었다

껌과 바닥

단물이 다 빠져나가자
보도블록 위에
주인으로부터 버림받은 듯
갈수록 검은 사마귀 닮아간다

수없이 사랑의 탁본을 뜨던
즐거운 기억으로
지나가는 신발 잡아본다
바닥과 바닥 사이에서

벗어나려 할수록
단단히 깊어지는 바닥의 올가미
이제 아무런 쓸모조차 없으므로
그들의 좌표가 되기로 한다

온몸으로 바닥을 단단히 움켜쥔다
낙엽 몇 잎에 쓸리던
갈 곳 없는 바닥의 이방인

그리움보다는 아름다움에 대한 허망함으로

　호수의 조약돌에게 수면은 세상을 바라보는 창이자 단절의 벽이 되기도 한다 그대 뒷모습 가슴에 새겨두고 그대 아닌 누구를 그릴 수 없었던 적막의 지난날이 그러했다

　우리가 될 수 없었던 우리 아지랑이 아득한 그 길엔 이제 너와 내가 더한 키보다 큰 나무가 자라는데 뒤돌아보면 내 어깨 두드리던 그대 속삭임 오간 데 없고 지천명의 나이 훨씬 지나고 보니 늘어난 것은 이마의 주름 줄어든 것은 성긴 머리카락 한 번쯤 철새 따라 서쪽 하늘로 비행을 꿈꾸지 않은 것은 아니지만 이내 어둠이 내리고 서성이는 모습 보이고 싶진 않았다

　그리움보다는 아름다움에 대한 허망함으로 가끔은 들판에 피어있는 꽃 한 송이 보러 간다 흔들리면서도 향기로운 미소 홀로 넉넉한 꽃 한 송이 멀어지면서도 가까워지는 것은 시간인 것을 조금은 알 것 같은 날들

네게로 가는 길

처음 바위는 바다였을 것이다

바다가 되기 위해
끝없이 파도를 불러왔다
조약돌이 되었다가
반짝이는 모래알이 되었다가
마침내 바다가 되었다

처음 나는 너였을 것이다

네게로 이르기 위해
포말이 사라지는 순간순간
한없이 무너지고 부서져
즐거이 작아지고 작아져
마침내 네가 되기 위해

바위로 조약돌로 모래알로 네게로 간다

나뭇잎 연서

  여름 한 철 소란스럽던 매미 땅속에서 7년을 지낸다지만 나무의 몸속에서 때로 50년을 보낸 잎은 태어나 두어 계절 무성한 햇살로 초록의 문양을 새긴다

  초록의 사랑은 45도 예각의 눈 맞춤 단 한 번 주어진 운명의 각도에 그대가 들어와 있다 내려다보면 정면 올려다보면 뒷면 인연이 닿을 길 없는 각도를 지나서 갈비뼈로 가늠한 45도의 예각으로 정조준하여 눈시위를 힘껏 당겼다 놓는 순간 바람은 때 없이 불어와 명치끝을 울리고 몸은 둔각의 45도에 돌아서 있다

  예각의 45도에 눈을 맞춘 잎들의 낯 뜨거운 연서에 나뭇가지 전령사 분주하건만 어긋난 각도에 홀로 깊어가는 잎 단단한 빗장 앞에 주저앉아 있다 이쪽과 저쪽의 거리가 잎의 한평생이다

  매달려 이루지 못한 사랑 피 말리는 자해로 마지막 도전을 시작한다 세상이 360도로 돌아가지만 단단히 중심을 잡고 지금은 천운을 믿어야 할 때 지상에 당도하여 하나 된 자세로 만난다면 겨우내 하얀 이불 따습고 아슬한 사랑에 매달린 낙엽으로 남아 마지막 노래 부르는 종지기가 되리

보고픈 얼굴

가야산 함께 오르고
지리산에서 술잔을 나누며
청사포에서 뜨거웠던 날들이여

어디로 가고 있는가
산도 바다도 그 자리에
푸르기만 한데

시냇물은 흐르고 흘러
바다에서 만나는데
우리는 흐르고 흘러
더 먼 곳으로 가고 있구나

마셔도 취하지 않고
마시지 않아도 취한 듯
한 번쯤 보고픈 얼굴이여

술병

각 잡힌 군인들의 사열도
우리의 박스 사열을 따라올 수 없다
투철한 직업관과 부여받은 소임을 위한
맞춤형의 탄생으로
피부는 매끄럽게 단장하고
가릴 것 없는 중성의 몸은
하나의 구멍으로 통하는지라
항문조차 없다
뚜껑만 열려도 질적 변화가 생기므로
무호흡 생존법을 택했다

비울수록 고개 숙여 고객을 모신다
빈자리엔 그들의 애환이 쌓이고
때론 연인들의 달콤한 사랑이 들어서기도 한다
간혹 피울 줄도 모르는 담배를 삼켜야 할 때와
주정뱅이의 욕설과 거친 행동에
단명하는 친구들을 볼 때면 가슴이 아프지만
오로지 고객을 위한 몸이기에 방어력도 없으며
우우 휘파람 소리만 겨우 나올 뿐이다
간혹 세상에 알려지면 뉴스가 뒤집힐 놀라운 대화에
분노가 치밀어 올라 정수리에 술을 붓고 싶지만
그 또한 우리의 고객이기에

지금껏 누구도 금기사항을 어긴 적 없다
아무리 목이 말라도
단 한 모금 탐한 적도 없다

병도 이런 병이 있는가
선천성 직업병이 든 술병이다

재첩의 길

뭍에서 바다의 기억이 빠져나갈 때
산을 떠나온 나무의 기억이 궁금했다
누군가의 양식이 되기 위한 국이 되었을 때는
낯선 집의 기둥이 되어 지난한 시간을 건너왔을
나무의 마른 일기가 궁금했다
이제 눈물 따윈 없으나
여전히 젖은 육신의 날들이므로

주검에도 바다의 본능이 있는지
자꾸만 바닥으로 내려앉는데
밭에서 왔다는 푸른 부추
물속이 어색한 듯 양동이 위로 모여
서로를 바라보는 사이에
바람과 하늘과 태양이 조문객으로 다녀가고
식당 주인은 골목길 바라보며
남은 길을 재촉하고 있다

순번이 돌아오자
식탁 위에 맛깔난 모습으로 단장하여
감사의 기도가 시작되고
따뜻한 아궁이로 들어서면
주검을 음미하는 불꽃보다 붉은 혓바닥

위장에서 예열하며 곰삭인다

하루쯤 소장과 대장의 터널을 지나야 하는

날것의 화장장에서

알 수 없는

한 점의 육신을 완성한다

구멍

두레박으로 길은 물을 마시면
배꼽으로 물길을 내어 건네는 말이 있다
나 세상에 나오기 전
나누던 말

숨 쉬며 먹고 듣던 배꼽
머리로 하면서부터
폐쇄된 구멍이다

때 없이 울리는 휴대폰
머리 위에 있는 사람과 통화 중에도
불쑥 들어오는 메시지

다양한 변종의 언어가
머리에 차올라 기우뚱할 때
때 낀 배꼽으로 반추하는
중심의 괴로움

개판

집안은 모름지기 사람의 공간인데
점점 사람은 줄어들고 개들이 자리하면서
사람의 족보에 오르고 있다

잘 조련된 개는
짖지도 않고 짝을 찾지도 않고
꼬리를 흔들며 온몸으로 주인만 섬긴다
개 팔자 좋다 하여
함께 사는 사람 팔자도 좋아지는지
개 가족 얼굴이 훤하다

여의도에도 둥근 개집이 있다
사납게 싸우며 짖어대기 일쑤다
차라리 개들이 모여 있다면
꼬리를 흔들며 충성할 것이다

그 한마음 본받는다면
좌우지간 사람들은
조용히 제자리로 돌아가겠다

솔방울이 울거든*

먼 조상은 사람과 공존하였다
공존이란 말에는 평등의 수액이 흐른다

공원의 얼굴마담이 된 친구들이 있다
이전엔 개똥이와 호박이 살던 곳이다
그 이전엔 공존의 터전이기도 했다
버석한 방울이 눈물방울처럼 보이기도 한다

머나먼 곳으로 강제 이주당한 사람들
그들의 자유를 저들의 자유로 짓밟았다
아프리카와 시베리아를 떠나 심어지고 길러지고 버려져
하루를 관통하는 어두운 벽을
지문도 없는 손으로 더듬어 나아갔다

창백한 대지의 발톱이 뽑혀 나갈 때
저들의 허파에는 실핏줄이 돋아나지
비린내가 안개처럼 쌓여도
비문엔 마른 바람만 드나들고
지구를 삼킬 만큼 총부리는 커지고 있다

정갈한 정원과 콘크리트 바닥 위로
솔방울이 길을 잃고 굴러간다

아프리카와 시베리아를 떠난 사람들

솔방울처럼 구르지도 못했다

* 솔방울이 절대 울 리 없는 것처럼 도저히 이루어질 수 없는 일을 비유적으로 이르는 말

곰배령

나무와 새, 다람쥐가 먼저 철이 들었으므로
사람은 그들과 어울려 살면 그만이었다

사람이 사람으로 살아가는 일이
나무가 나무로 살고 다람쥐가 다람쥐로 사는 것과
같은 이치였다

가게가 없으니
콩나물값이 얼마인지 몰라도 좋았고
도로가 없으니
자동차로 얼굴을 내민 사람도 없었다

해와 달도
때가 되면 길 위에서
친구가 되어 주었다

온통 눈이 내려
마음마저 하얗게 물들면
분수없이 푼수만으로도 넉넉한 곳

꽃피는 게
어찌 땅속에 뿌리를 둔 이들만 피우냐고

화사한 웃음꽃 피운다

하늘 아래 바보스럽게 살수록
행복한 곳
곰배령

소는 누가 키우나

가족이 키웠지
학교에 갔다 오면 소를 몰고 뒷산으로 가고
아버지는 소 풀을 베어 오고
어머니는 쇠죽을 끓이고
든든한 소 한 마리 있어야
논을 갈고 소달구지로 짐을 나르고
송아지 팔아 학교에 다녔다
이제는 논일도 짐 나르는 일도 소가 하지 않는다
소는 누구나 키우지도 않는다

자식은 누가 키우나

가족이 키웠지
어머니 들일 가면
누나와 형도 키우고
가끔 옆집 아주머니도 키웠다
정년퇴직한 할아버지
뒤늦게 할머니랑 아파트로 출퇴근한다
자식의 자식을 위해
이제는 자식도 누구나 키우지 않는다

4부

호수의 책

맑고 물큰한 호수는 오늘도 제본 중이다
부치지 못할 편지를 쓰고 싶거나 새와 구름의 말을 읽고
싶은 날
지나온 발자국만큼 긴 편지를 써도 좋을 여백과
새와 구름의 말이 있는 호수로 간다

운동장이자 학교이자 도서관이기도 한 그곳엔
청둥오리가 새끼들에게 한가로이 책을 읽고 쓰기를 가르
치고 있다
햇살이 아침의 빗장을 열자
갈대는 호수의 이야기 하늘에 써 내려간다
구름은 그림자 놀이하듯 상형문자로 화답하지만
막 도착한 철새 몇 마리
하얀 설원과 늑대의 이야기 펼쳐 놓기 바쁘다
먼 데 산은 바위와 소나무와 옹달샘이 호수의 뿌리가 아
니냐며
제 그림자로 조곤조곤 서툴게 쓴다

호수의 독서광은 물고기인 것을 호수를 보면 안다
자면서도 책을 읽고 책에 빠져 밖으로 나올 생각이 없으
니 다리조차 없다
제아무리 위대한 사람도 스스로 책이 되지는 못하지만

왕버들은 호수로 들어가 단단한 책이 되어 중심을 잡고
있다

　부치지 못할 편지는 오늘도 출렁이는 물결로 지우고 돌
아선다
　넘치면 흘려보내고 부족하면 채워가는 호수엔
　날렵한 소금쟁이가 먼지를 털며 새로운 여백의 공포를 즐
기고 있다

밤송이 무사

그는 태생적 호위무사다
날카로운 창으로 무장된 몸은
오래된 맹서

한 몸 되어 지키는 아이들 갈색의 옷을 입으면
그도 갈색의 제복으로 위장하고
낙하의 순간이면 다칠까
감싸 안고 뛰어내리기까지 한다

매복에도 능란하여
나뭇잎 속에서도 침입자를 막아내기 위해
날을 세워 웅크리고 있다

성년이 된 군왕의 자식들
뿔뿔이 흩어져 떠나가도
그는 대지에 날을 단단히 곧추세워
빈틈없이 초병의 의무를 다한다

단 한 번 적에게 굴복한 적이 없어
단 한 번 혁명을 일으킨 적도 없다

새로운 경전

빗자루 돌려 쥐고 달려가는 사이 생각의 속도가 뛰는 것보다 빨랐다 조금만 느려 회색기사騎士이기만 하였어도 풍선같이 부풀어 오르던 시간 걷어내고 올망졸망한 평화는 유지되었을 것인가 어떤 녀석들은 긴장된 뒷다리의 발작으로 생각도 못한 수로를 탈출해 더 넓은 세상이 있다는 것을 알게 되었다 자연의 섭리는 존중할 만한 것이라 여겼다

침몰하는 배의 어린 학생들 뱀의 혓바닥 같은 파도에 기도는 한낱 거품으로 사라지고 기어이 수평선이었을 때 개구리 열망의 모습 떠올라 빗자루 내려놓은 것이 몹시 후회되기도 하였는데 혹여 신도 그랬을까 세상의 높은 것들 자꾸만 밀고 올라가 아득히 높아져 흐려졌을까

개구리에게 믿음을 준 적 없지만 학생들 구원의 기다림 믿었을 터인데 그들을 보호하던 창문과 벽이 견고한 죽음의 장막이 되었을 때 사람이 갈매기의 애환을 모르듯 갈매기 사람의 일 알고 날아다녔겠는가 전지도 전능도 없거늘 오차도 없이 울리는 종소리 이제 두 손 모으지 않고 망치보다 약한 주먹 불끈 쥐어본다

오직 자신을 위해 더러는 가족과 친구를 위해 수많은 경전이 탄생하였다

정이란 서서히 또 느닷없이

꿈속에서 아무리 달려도 제자리걸음일 때가 있다 그날이 그와 같았다 아무리 일어나려 해도 일어날 수 없었다 몸을 일으키려 하면 누군가 나의 머리를 때려 누르고 또 때려 누르는 것이었다 외삼촌 때문이었다 하기야 어린 조카들을 위해 넘치는 사랑으로 장작불을 피웠겠지만 지붕 위의 눈이라도 녹일 듯 따끈따끈한 방에서 잠결에 시원한 책상 밑으로 들어간 것이 사단이었다 터져 나오려는 소변과 도깨비와의 싸움에서 끝내 울음을 터뜨려 모두 놀라 일어나게 만든 밤. 어머니가 보고 싶었다

정이란 것이 그렇게 한 번 오더니 어느 때는 소변처럼 서서히 또 어느 때는 도깨비처럼 느닷없이 다가와 웃게 하고 울게 하고 두어 번은 나를 쓰러뜨리곤 했다 예측을 하면서도 그 폭풍에 여지없이 휩싸이기도 했다

가랑잎 같았던 날 때 없이 다가와 시간을 돌려놓곤 잠시 머물다 간다 어제는 정원의 꽃향기에서 오늘은 퇴근길의 가로등 아래서

…때문이다. 그런들 무엇하나 내 탓이오 하면서도 이마가 부어오른 것은 외삼촌 때문이라고 투정할 때처럼 가끔은 그러고 싶은데 이제는 말을 삭힐 나이가 되었다

…싶었다. 앞서가던 그대여 나는 휘청이며 달려야 했다 차마 가지 못하였다 세상 모든 것에 기도하였지만 남겨진 상흔에 새들이 날개를 추스르듯 차츰차츰 조용히 아침을 맞이할 줄 알게 되었다

경계선

가을과 봄 사이
겨울
너와 나 사이
사랑
하늘과 땅 사이
사람

좋아했다 미워하고 사랑했다 토라지고
담을 쌓았다가 무너뜨리고
너였다가 나와 너였다가 우리가 되고

세상의 시작과 끝은
경계선이기도 하겠다

그러나 요지부동인 경계선 하나
나와 내 아들이
젊음과 사랑과 학업을 중단하고
총칼을 쥐어야 했던
휴전선

흘러가는 것들

구름이 흐르는 것은
타는 갈증으로 비를 기다리는
대지를 향해 흘러가는 것이며

시냇물은
강에서 바다에서 그리운 이
만나기 위해 흐르고

밤하늘의 유성은
가슴 따뜻한 아이에게
꿈을 심어주기 위해 흐르는 것이며

눈물은
그 기쁨 더하고 슬픔 삭이기 위해
흐르고

세월은
어디쯤에서 만남과 이별을 향해
흘러가는가

살아간다는 것은
흘러가는 것만 같아

넘어진 아픔보다 생각하는 아픔이

　우리가 되면서 가을은 귀뚜라미 소리보다 먼저 달려왔었지 겨울이면 순백의 이야기 송이송이 내려 술잔에는 내일의 시간이 담겨지고 키 높은 담장의 미소와 함께하곤 했었지 둥근 달에다 편지를 쓰고 읽는 즐거움 알았을 때 여린 봄의 나른함을 즐기고 한줄기 소나기조차 유쾌하였거늘 태풍이라 하여 두려움을 알았겠는가 한 번 휘청이면서 두 번 휘청일 줄은 두 번 휘청이면서 넘어질 줄은 몰랐었다 아픔은 나중에도 온다는 것을 넘어진 것보다 서 있는 것이 서 있는 것보다 생각하는 아픔이 크다는 것도 알게 되었다

　그래도 생각하고 또 생각했다 알게된다는 것은 싱그러웠던 날들이 서랍속에 유배되는 생각한다는 것은 돌아서면 새로이 시작이지만 돌아서지 못하는, 서릿바람에 속절없이 떨어진 홍시보다 붉게 질펀해 지는 일

고립의 마법

펑펑
눈이여 내려라
열흘쯤 내려
열흘쯤 세상 모두 고립이면

애타게 만난 청춘은
즐거운 고도의 성을 쌓겠지

출퇴근길 눈 속에 잠기면
미세먼지는 사라지겠지

설원의 방역에
코로나*도 소멸하겠지

순백의 마음으로 돌아가
먼 곳의 총성이 멎겠지

책상 위에도 사각사각 눈이 내려
참회의 글이 쌓이겠지

펑펑펑
눈이여 내려라

열흘쯤 내려

열흘쯤 세상 모두 고립을 위하여

* 2019년 중국에서 발생하여 전 세계로 번진 역병

뿌리

하늘과 땅의 뿌리가
춘양보다 부드럽다
뿌리로 키를 높이고 흘러
물벌들이 잉잉거린다

세상의 모든 뿌리는 씨앗을 품고
꽃 피우는 일이 생의 과업이다
천년의 석탑도 꽃피우기 위해
기도하고 있다

그대의 긴 머릿결로
나의 머리를 쓰다듬고
나는 그대의 발을 정성스레 씻겨주며
씨앗과 씨앗이 만나 꽃피우고자 했다

두 손 모은 날
꽃대궁 무너진 자리
구멍 난 바다 같은 허공이다
아무리 곧장 내달려도 둥글게 다시 원점이다

낮과 밤이
해와 달을 밀고 가는

빈터엔
둥근 지문만이 쌓인다

상심한 뿌리가
천둥과 지축을 울린다
검은 시간을 뚫고
씨앗을 심고 있다

사람의 길

늪의 두려움은 그 깊이를 가늠할 수 없는 평온에서부터 시작하듯 사랑도 그랬다

너와 나 사이의 와는 언제부턴가 징검다리 같았다 냇가를 사이에 두고 건너편 마을 친구들과 돌팔매질하며 싸웠어도 다음날이면 웃으며 징검다리를 건너 오가기도 하였고 많은 비가 내리는 날이면 서로 바라보다 돌아가듯 우리도 그랬다

지금이라는 것은 지나간 시간과 다가올 시간의 경계선이라는 것을 너를 바래다주고 돌아오던 차창 너머 풍경에도 없는 듯 유리창이 있다는 것을 사는 것이 먹먹해서야 알았다

인간人間은 왜 사이 간間을 쓰는지 알기까지 몇 번의 찬바람이 지나갔다

비양도 해녀

하늘을 박차고 바다로 솟구치는
직립의 물질에
돌고래가 꼬리를 감추었다

아파도 바다에 가면 낫는다며
커다란 납덩이 허리에 두르고
비양도를 테왁* 위에 올려놓았다

우미바당**의 우뭇가사리 망사리에 가득 채워
힘차게 밀며 나오는
상군의 새우할망이다

바다와 뭍의 경계선을 오갈 때마다
50여 년의 세월이 오가는
바다에는 꼬부랑 길도 할매도 없다

살기 위해 숨을 쉰다지만
살기 위해 숨을 참던 시절
이어도사나를 되뇌던 비양도 해녀

할망바당***는 물질 서투른 하군에게 내어주고
넘실넘실 파랑을 타며

호오이 호오이 휘파람 부는 봄날

씨 뿌리지 않아도 개닦기**** 두어 번이면
푸르른 밭에는
소라와 성게 해삼 우뭇가사리 가득 자라

비릿한 내음으로 유혹하고 있다
어린 새끼들 꿈틀대는 밀월의 궁전이다

* 제주에서 해녀들이 해산물을 채취할 때 사용하는 부력浮力 도구
** 우뭇가사리가 잘 자라는 바다
*** 나이 많은 해녀들이 작업하는 수심이 얕고 해산물이 풍부한 바다
**** 해녀들의 공동작업으로 주로 바위에 붙은 이물질을 제거하는 어
　　장 청소 작업

무료 급식소

동물원의 호랑이 야생으로 돌아간다면
자신의 영역을 가지고
포효하며 굶주리지 않을 수 있을까

산책로 의자 아래
야생의 고양이를 위한
먹이 그릇이 있다

느리고 꺼칠한 고양이를 위해
나도 먹이를 준 적 있다

사람에 익숙한 듯
고양이는 가까이 다가가도
궁색한 경계심으로 조금 물러설 뿐이다

먹이를 주는 사람
어느 날 더는 갈 수 없다면

고양이는 사냥에 나설까
기다리기만 할까

무료 급식소에 줄지어 선
어떤 사람들을 보면
때로는 산책로의 고양이가 떠오르기도 한다

구조조정

공장 탈의실의 세탁기
근무 교대 시간에도 쉼 없이 돌아간다
심지어 점심시간에도 쉬지 않고 돌아간다

공장으로 팔려 온 탓에
기름에 찌들고 땀에 젖은 옷만 세탁하고 있다
무리한 가동에 삐걱거려도
부지런한 수리기사 고장 난 부품 갈아 끼워
하루도 채 쉬지 못하고
납품 일자 맞추듯 쉴 새 없이 돌아간다

부잣집에 갔더라면
하얀 와이셔츠나
귀부인의 향긋한 브래지어랑 꽃무늬 팬티를
우아하게 세탁하고 느긋하게 쉴 텐데

선택권이 없기는 기계나 사람이나 매한가지
세탁기처럼 부지런히 땀으로 희망을 노래하던
동료들이 구조조정으로 떠나간 날
탈의실엔 세탁기 소리만
작별을 고하듯 울렁이고 있다

목련

빈 나뭇가지
어둠이 놀다간 자리마다
만월의 물결이다

지난겨울 그 긴 밤
우리 모두 깊이 잠들었을 때
목련과 달은 혼례를 치른 게 틀림없다

감나무는 조용히 눈을 감았고
미루나무는 하늘을 찌르며 시기하였는지도
먼저 별과 혼례를 치른 측백나무는
손뼉을 치며 축하해 주었는지도

둥근달 떠오르듯
몽알몽알 탄생하는
달빛 아래
저리도 환하게 빛나는 걸 보면

자연과 인간의 교감, 사랑과 행복으로서의 예술
– 강익수의 시세계

권 온 문학평론가, 문학박사

자연과 인간의 교감, 사랑과 행복으로서의 예술
– 강익수의 시 세계

권 온 문학평론가, 문학박사

　강익수가 시인詩人의 이름을 얻고 시작詩作 활동에 매진한 기간은 제한적이지만 그의 시 세계는 매우 폭넓고 심오하다. 시집『호수의 책』은 강익수 시학詩學의 첫 걸음을 효과적으로 제공한다. 그는 '사람' 또는 '인간'을 지속적으로 탐구한다. 시인이 집중하는 '사람'의 범위에는 '아버지', '아들', '손자', '어머니', '아내', '손녀' 등이 포함된다. 강익수의 시적 촉수는 '시간' 또는 '세월'을 향한 섬세한 감식안을 자랑한다. 그에게 시詩는 '자유'와 '여유'로 나아가는 티켓ticket이다. 시는 우리가 온전한 삶을 누릴 수 있는 최적의 방법이 된다. 시인은 '인간'과 '자연'의 조화를 추구하면서 '사랑'을 지향한다. 독자들이 사람의 길에서 '행복'을 발견할 수 있다면 그에게는 더없는 기쁨이 될 것이다.

　　눈 깜짝하는 사이
　　100년이 지나간다
　　한 걸음 내딛는 사이

1000년이 지나간다
말 한마디 건네는 사이에
10000년이 지나갔다

달팽이 걸음은 광속의 행보
하나의 문장이면 수만 년이 걸리는데
너희는 수 초 만에 완성한다
잠깐의 묵언수행이면
너희는 세상의 도서관을 가득 채우고도 남을
말의 홍수를 쏟아낸다

종이 다른 소통의 부재는
이렇듯 느림과 빠름의 간극인데
너희는 이를 생물과 무생물이라 한다

100년도 무른 너희들이
빠른 것만 쫓아가니
지구가 돈다
－「사람과 돌의 간극」 전문

　강익수는 "사람"의 본질을 찾기 위해 "돌"의 성질을 헤아
린다. "눈 깜짝하는 사이", "한 걸음 내딛는 사이", "말 한
마디 건네는 사이"는 '사람'의 '시간'을 가리키고, "100년",
"1000년", "10000년" 등의 '지나감'은 '돌'의 '시간'을 의미
한다. 사람의 시간은 "빠름"으로 연결되고 돌의 시간은 "느
림"으로 이어진다. 또한 사람은 "생물"에 속하고 돌은 "무

생물"을 대표할 수 있다. 돌은 "하나의 문장"을 "수만 년" 걸려서 이해할 수 있으나 사람은 그것을 "수 초 만에 완성"한다. 요컨대 시인은 "사람과 돌의 간극"을 활용하여 사람과 돌의 각각의 가치를 적확하게 파악한다. 우리는 여기에서 시의 원리와 세상의 이치를 발견한다.

> 허공에
> 한 가닥 불심으로 지은
> 사찰
>
> 없는 듯 있으므로
> 공즉시색으로 엮은
> 투명한 법문 같다
>
> 기다림마저
> 바윗돌 같은 수행의
> 길
>
> 지나가던 불자
> 제 몸 던져 불공 올리면
> 출렁이는 죽비
>
> 적막한 하늘에
> 발우도 없는
> 청빈한 공양
> ―「거미」 전문

이것은 "거미"에 관한 시이다. 다시 말하자. 이것은 '거미'에 대한 시가 아니다. 다시 말하자. 이것은 거미에 관한 시이자 거미에 대한 시가 아니다. 이 시에서 거미와 연결할 수 있는 단어로는 "허공"이나 "하늘"이 있다. 이 작품의 핵심을 구성하는 대부분의 어휘는 거미와 무관하다. 곧 "불심", "사찰", "공즉시색", "법문", "수행", "불자", "불공", "죽비", "발우", "공양" 등은 '불교'와 관련된다. 독자들은 강익수의 제안을 수용하여 "기다림"과 "청빈淸貧"의 가치를 되새길 일이다.

모든 신화를 거슬러 가면
138억 년 전 적막한 우주의 자궁에 닿는다

탄생은
플랑크 스케일과 시간의 요동치는 빅뱅의 후예

사랑과 파괴, 정의와 불의 혼돈의 영역에서
자기 복제를 향한 감출 수 없는 욕망이
내 심장에 뛰고 있다

풀과 돌멩이에도
부단히 소멸을 극복하기 위한 심장이 있다

혼돈의 시간을 넘어간 페가수스
포효하던 목소리 잦아지고 억제된 꼬리는 퇴화되어
별이 되었다

퇴근길

지폐 같은 사람들로 가득 찬 지하철

거침없는 질주와 굉음에 숨죽인 도시는

아무도 발 딛지 않은 138억 년 전의 적막한 자궁이다

한 바구니의 욕설을 하수구에 버리고

달빛으로 몸을 씻고 별빛을 삼키며

또 다른 혼돈의 블랙홀 속으로 빨려들어 간다

– 「빅뱅의 후예」 전문

　복합성을 품고 있는 시가 여기에 있다. 하나는 '우주'에 관한 영역이다. "빅뱅", "138억 년 전", "블랙홀" 등이 이를 구성한다. 다른 하나는 '신화'에 관한 영역이다. "혼돈", "페가수스", "별" 등이 이를 구성한다. 또 다른 하나는 '사회'에 관한 영역이다. 사회에 관한 영역은 외적인 측면과 내적인 측면으로 구분 가능하다. 사회 관련 영역의 외적인 측면은 "퇴근길", "지폐", "지하철", "질주", "굉음", "도시", "욕설", "하수구" 등이 구성한다. 사회 관련 영역의 내적인 측면은 "사랑", "파괴", "정의", "불의", "소멸" 등이 구성한다. 시인의 진술들 중 우리에게 가장 큰 감동으로 다가오는 것으로는 "자기 복제를 향한 감출 수 없는 욕망"과 "소멸을 극복하기 위한 심장"을 꼽을 수 있다. '소멸'의 공포를 극복하기 위한 대표적인 방법이 '자기 복제'이다. 우리는 강익수의 제안을 받아들여 혼돈을 뚫고 올바르게 나아가야 할 길을 찾아야 할 테다. 소멸의 사막을 건너서 자기 복제의 바다

로 나아가야 할 것이다.

> 아버지는 술로 인하여 몸마저 가누기 버거워하셨다
> 간절한 바람은 죽음으로 완성된다
> 앙상한 갈비뼈와 우뚝한 콧날
> 몸을 비워 심장으로 들어오는 바람의 말을 들었다
> 말의 날개가 쇠잔하여 스르륵 멈춰선 것만 같았다
> 술에 취해 비틀거렸다기보다는 바람의 각도에 흔들렸던
> 것이다
> 그마저도 작별한 듯 미동도 없는 풍향계,
> 산 자와 죽은 자 손이 닿았을 때
> 이승과 저승의 육신으로 흐르는 것도 바람 같은 것일 터
>
> 당신은 필시 바람에 날개의 유서를 쓰신 것이지요
> 나부끼는 글을 해독하느라 어둑해서 돌아온 날,
> 어깨를 들먹이던 외투가 낯익은 모습으로 걸려 있다
> ─「풍향계」 부분

이 시에서 주목하는 대상은 "아버지"이다. "당신"이라는 이름으로 불리기도 하는 '아버지'는 "술"이나 "바람"과 깊은 관련성을 맺는다. "술로 인하여 몸마저 가누기 버거"웠던 남자, "술에 취해 비틀거렸"던 남자가 아버지이다. '그'는 무엇보다도 '바람'과 강하게 연결된다. 이 작품에서 바람은 "삶"과 "죽음" 사이를 잇는다. 바람은 "이승과 저승"을 매개한다. 바람은 "산 자"와 "죽은 자"를 연결한다. 시인은 독자들에게 술과 친숙했던 아버지가 '죽은 자'가 되어 '저승'으

로 이동하는 과정을, '죽음'의 계곡으로 이동하는 "작별"의 과정을 보여준다. "당신은 필시 바람에 날개의 유서를 쓰신 것"이고 강익수는 바람에 "나부끼는 글을 해독하느라 어둑해서 돌아"왔다. "어깨를 들먹이던 외투가 낯익은 모습으로 걸려 있다"라는 이 시의 마무리는 '죽은 자'와 '산 자'의 비현실적인 만남을 포착한다는 점에서 의미심장하다.

"세월 가는 거 잠깐이야 학생 나이 때가 엊그제 같은데 벌써 육십이 되었어" 오래전 외지의 고등학교에 입학하여 일주일을 일 년 같이 보내고 처음 집으로 가던 기차에서 환갑의 두 노인 내게 건넨 말씀

(……)

하루 두 번 두 칸짜리 기차는 풍경을 흔들어 놓고 멀어져 가고 친구도 선생님도 순이도 그리고 나도 누군가로부터 떠나갔다 등 굽은 길은 허리를 세우고 굳어 있었다 절반의 약속으로 절반의 만남을 나누고 돌아가는 길 어머니와 사탕의 달콤한 어린 미소를 기차는 덜컹거리며 시간을 깨워 놓는다 오래전 아버지가 그랬던 것처럼 한 봉지의 사과를 들고 집으로 향하면서 내 아들이 또 손자가 사과를 들고 세월의 기차와도 같이 집으로 가는 모습 그려 본다
    ―「시간 여행」 부분

"시간" 또는 "세월"을 이야기하는 시이다. 인간은 '시간'을 주관적으로 인식할 수 있다. "학생 나이 때"와 "육십" 사

이의 거리는 40년을 상회하지만 "두 노인"은 "엊그제 같은 데"라고 발언하기 때문이다. 시적 화자 '나'가 "일주일을 일 년 같이 보내"게 된 것도 같은 맥락에서 이해 가능하다. 이와 같이 사람은 긴 시간을 짧게 인식하기도 하고, 짧은 시간을 길게 수용하기도 한다. 시인의 시간 관련 표현은 "기차"나 "풍경" 또는 "길" 등 '공간' 관련 어휘와 함께 통합적으로 등장함으로써 상상력을 풍성하게 자극한다. 강익수의 기억 속에는 "한 봉지의 사과를 들고 집으로 향하"던 "아버지"가 생생하게 남아있다. 아마도 우리들의 아버지는 '사과'나 "통닭" 또는 "호두과자" 같은 것을 들고 경쾌한 발걸음을 옮겼을 테다. 그런 까닭에 시인이 작품의 마무리에서 "내 아들"과 "손자"의 귀가하는 모습을 상상하는 대목은 더욱 애틋하고 아름답다.

그동안 혹사당하면서도
머리에서 가장 먼 곳에 있어 무심한 내게
관심을 가져달라는 신호였을까
하기야 발에도 생각이 있다면
변방의 병사들이 부족한 군량미와 추위에 반역을 도모
하듯
오래전 반기를 들었을 것이다
여행과 등산을 좋아했고 젊은 날 힘들었던 군 생활도
발의 몫이었지만 발이 얼마나 힘들게 버텨왔는지는
얼굴의 조그만 뾰루지보다 관심을 두지 않았다

어머님이 그랬다

어머님은 신호조차 보내지 않았다
　-「발」부분

　사람들은 대개 신체의 말단에 위치한 "발"의 중요성을 간과하기 쉽다. 이 시의 시적 화자 '나' 역시 "머리에서 가장 먼 곳에 있"는 '발'에 무심했나 보다. "발등이 퉁퉁 부어올"랐기 때문이다. '나'의 "무심"은 '발'의 "혹사"를 일으켰을 것이다. 반면 '나'는 "얼굴"에 "조그만 뾰루지"라도 나면 매우 "신경" 썼다. '조그만 뾰루지'라는 "신호"를 보낸 '얼굴'의 이상異常은 바로 알아차리면서 "부어오른 발"의 아픔에는 "관심"의 촉수를 뻗지 못했던 것이다. 요컨대 '나'는 머리에서 가까운 곳, 눈에 잘 띄는 곳에 위치한 얼굴에는 관심을 두면서 머리에서 먼 곳, 눈에 잘 띄지 않는 곳에 위치한 발에는 관심을 두지 않았다. 강익수는 여기에서 어떤 대상을 판단할 때, 단편적인 접근이 아닌 복합적인 접근이 필요함을 보여주었다. 시인은 독자들에게 눈에 잘 보이지 않는 '발'의 가치를 알려주었다. 특히 '발'과 연결된 "어머님"의 등장은 가없는 감동으로 다가온다.

1
　달력의 숫자를 보면 시간의 징검다리인 것만 같아 그 징검다리 한 번쯤 앞서가고 또 뒤돌아도 가보고 싶었어

2
　느긋하게 아침 식사를 하고 배낭을 둘러메고 길을 나서네 들길로 가면 들꽃과 산으로 가면 새와 나무와 말을 나누네

편편히 어깨동무를 하고 뒹굴기도 하고 장난스레 렌즈 속
으로 들어가기도 하면서 그대로 들이 되고 산이 되네 우리
였다가 더러는 남이 되곤 하였지만 그곳엔 언제나 우리였다
네 길 위의 자유와 여유 백발이 되어서야 가져 보네 먼 길
에 더러는 힘이 부치기도 하면서 어둑한 길 돌아오면 멀리
서 하찌를 부르는 천사 같은 목소리에 밀려오던 피곤 일순
간 사라지고 손녀 손 잡은 아내 잔소리 허기진 배를 채우네
　　─「시간의 징검다리 건너가면」 부분

　　앞에서 살핀「시간 여행」과 유사한 '시간' 계열 작품이다.
노화老化가 진행됨에 따라서 인간은 지나간 시간과 다가올
시간을 생각하는 경향성이 커진다. 지나간 시간은 점점 길
어지고 다가올 시간은 점점 짧아지는 시기가 노년老年이다.
노년에는 "달력의 숫자를 보"며 깜짝깜짝 놀라는 경우가
늘어난다. 시적 화자 '나'는 "시간의 징검다리"에서 "한 번
쯤 앞서가고 또 뒤돌아도 가보고 싶었어"라는 심리를 피력
하는데, 여기에는 다가올 미래를 향한 호기심과 지나간 과
거에 대한 회상이 내재한다. '나'는 언제나 "자유와 여유"
를 꿈꾸었으나 "백발이 되어서야" 비로소 이를 누리게 되었
다. 또한 "들꽃", "새", "나무" 등 다양한 자연과 교감하고
"손녀"의 "천사 같은 목소리" 속에서 "피곤"을 해소하였다.
그동안 잘 견딘 스스로의 인생을 돌아보고 자신에게 주어
진 느긋한 현실에 감사하는 '나'의 모습은 우리에게 커다란
울림으로 다가온다. "아버지", "어머니", "아내" 등 소중한
가족을 향한 "사랑"의 향기 역시 기억할 일이다.

매일 5분씩 늦게 가는 시계
불편에 골똘하다가 5분씩 늦게 맞춰 보기로 했다
처음엔 지각으로 5분 늦게 들어간 교실처럼 어색했지만
차츰 익숙해지면서 하루 5분의 여유를 즐기게 되었다
표준시로 재단한 나의 하루는 24시간 5분
한 달이 되자 150분이 일 년이 되자 1825분의 시간이
덤으로 생겨났다

5분의 여유가 있다는 생각에
뜨거운 커피잔을 들고도 느긋해져
처음으로 깊은 향을 마셨다
거울 속 희끗희끗한 머리카락도 자세히 살펴보니 멋있
게 보이기도 했다
잊고 있었던 옛 애인이 떠오르기도 했다
달리기 선수는 1초의 단축을 위해 청춘을 투자하는데
하루 5분의 시간을 나에게 투자하자
차츰 시간의 경계가 사라졌다
시時가 시詩를 내어놓기도 했다

모처럼 만난 친구는 내게 젊어 보인다며 부럽게 바라보
는데
나만의 비법을 알려 주며 술도 공짜로 먹었다
　ー「5분의 여유」전문

　「시간 여행」, 「시간의 징검다리 건너가면」 등과 함께 '시
간' 계열을 이루는 시이다. 시적 자아 '나'에게 깨달음의

계기로서 다가온 대상은 "매일 5분씩 늦게 가는 시계"이다. 시계를 "5분씩 늦게 맞춰"서 얻은 바는 "하루 5분의 여유"이다. 놀라운 점은 이제부터 "나의 하루는 24시간 5분"이 되고 "한 달이 되자 150분이" 늘어나며 "일 년이 되자 1825분의 시간이/ 덤으로 생겨났다"는 사실이다. "5분의 여유"로 인해 '나'는 "깊은 향을" 느끼며 커피를 마시게 되었고, "거울 속 희끗희끗한 머리카락"의 "멋"을 발견하였다. "하루 5분의 시간을", "투자"함으로써 '나'는 "차츰 시간의 경계가 사라"지는 "비법"을 깨닫게 되었다. 이것은 '나'가 쫓기는 삶이 아닌 온전한 삶을 누리게 되었음을 의미한다. 하루 5분의 "덤"에서 출발한 여유의 시학詩學이 한국 사회 곳곳으로 퍼져 나아가기를 바라는 마음 간절하다.

집안은 모름지기 사람의 공간인데
점점 사람은 줄어들고 개들이 자리하면서
사람의 족보에 오르고 있다

잘 조련된 개는
짖지도 않고 짝을 찾지도 않고
꼬리를 흔들며 온몸으로 주인만 섬긴다
개 팔자 좋다 하여
함께 사는 사람 팔자도 좋아지는지
개 가족 얼굴이 훤하다

여의도에도 둥근 개집이 있다
사납게 싸우며 짖어대기 일쑤다

차라리 개들이 모여 있다면
꼬리를 흔들며 충성할 것이다
–「개판」부분

　우리말 중에서 "개"와 관련된 표현은 대개 부정적인 의미를 담고 있는 경우가 많다. 가령 '개같다'는 어떤 대상이나 상황이 마음에 들지 않는 데가 있음을 뜻하고, '개자식' 또는 '개새끼'는 어떤 사람을 좋지 않게 여겨 욕하여 이르는 말을 가리킨다. 유사한 맥락에서 이 시의 제목이기도 한 "개판"은 상태, 행동 따위가 사리에 어긋나 온당치 못하거나 무질서하고 난잡한 것을 속되게 이르는 말을 뜻한다. 강익수가 '개'나 '개판'을 도입한 이유는 "사람"과 대비하기 위해서이다. '사람'과 연결된 단어로는 "집안"이나 "족보"가 있는데, 시인에 의하면 "개들이", "사람의 족보에 오르고 있다" 곧 '사람'의 위치에 '개'가 자리하는 가치 전도 현상이 발생한다. 특히 "여의도에도 둥근 개집이 있다"라는 진술을 통해 국회의원을 비롯한 정치인들을 비판하고 풍자한다. '국회의사당'은 "둥근 개집"이 되고, '국회의원들'은 "사납게 싸우며 짖어대기 일쑤"인 "개들"이 되는 것이다.

나무와 새, 다람쥐가 먼저 철이 들었으므로
사람은 그들과 어울려 살면 그만이었다

사람이 사람으로 살아가는 일이
나무가 나무로 살고 다람쥐가 다람쥐로 사는 것과
같은 이치였다

가게가 없으니
콩나물값이 얼마인지 몰라도 좋았고
도로가 없으니
자동차로 얼굴을 내민 사람도 없었다

해와 달도
때가 되면 길 위에서
친구가 되어 주었다

온통 눈이 내려
마음마저 하얗게 물들면
분수없이 푼수만으로도 넉넉한 곳

꽃피는 게
어찌 땅속에 뿌리를 둔 이들만 피우냐고
화사한 웃음꽃 피운다

하늘 아래 바보스럽게 살수록
행복한 곳
곰배령
－「곰배령」전문

　이 시는 이번 시집에 수록된 강익수의 다채로운 시편 중
에서 가장 매력적인 작품일 수 있다. 시인이 주목하는 대상
은 "나무", "새", "다람쥐", "해", "달", "눈", "꽃" 등으로 구

성되는 '자연'이다. 그에 의하면 자연은 "사람"보다 "먼저 철이 들었"다. 자연과 대비되는 사람은 "가게", "콩나물값", "도로", "자동차" 등과 연결된다. 사람은 세속적인 성격을 벗어나기 힘든 반면 자연은 이를 벗어난다. 강익수는 '사람'이 '자연'의 "이치"를 깨닫고 '자연'과 "친구가 되어"서 "웃음꽃"을 "피"울 때 "행복"을 찾을 수 있다고 보았다. 시인은 독자들에게 "분수없이 푼수만으로도 넉넉한 곳"을 찾아서 "하늘 아래 바보스럽게 살" 것을 강조한다. 우리는 그가 제시하는 "곰배령"이 강원도 인제군에 위치한 고개인 동시에 자연과 사람이 일체화되는 이상향理想鄉으로서의 "행복한 곳"임을 굳게 기억하자.

    맑고 물큰한 호수는 오늘도 제본 중이다
    부치지 못할 편지를 쓰고 싶거나 새와 구름의 말을 읽
  고 싶은 날
    지나온 발자국만큼 긴 편지를 써도 좋을 여백과
    새와 구름의 말이 있는 호수로 간다

    운동장이자 학교이자 도서관이기도 한 그곳엔
    청둥오리가 새끼들에게 한가로이 책을 읽고 쓰기를 가
  르치고 있다
    햇살이 아침의 빗장을 열자
    갈대는 호수의 이야기 하늘에 써 내려간다
    구름은 그림자 놀이하듯 상형문자로 화답하지만
    막 도착한 철새 몇 마리
    하얀 설원과 늑대의 이야기 펼쳐 놓기 바쁘다

먼 데 산은 바위와 소나무와 옹달샘이 호수의 뿌리가 아
니냐며
　제 그림자로 조곤조곤 서툴게 쓴다
　ㅡ「호수의 책」 부분

　강익수는 여기에서 이번 시집의 지향성을 보여준다. 그
는 "호수" 계열과 "책" 계열을 동시에 추진한다. '호수' 계열
에는 "새", "구름", "청둥오리", "햇살", "갈대", "철새", "설
원", "늑대", "바위", "소나무", "옹달샘" 등이 있는데 이것
들을 포괄하면 '자연'이 된다. '책' 계열에는 "제본", "말",
"읽기", "편지", "운동장", "학교", "도서관", "쓰기", "이야
기" 등이 있는데 이것들을 아우르면 '인간'이 된다. 이 시는
일차적으로 '호수'는 '호수'이고, '책'은 '책'이라는 메시지를
전달한다. 또한 근원적인 차원에서 이 작품은 '호수'가 '책'
과 다르지 않음을 보여준다. '자연'은 '인간'과 다르지 않고,
'인간'은 '자연'에 속한다. 곧 '호수는 책이다.' 호수를 경험하
는 일은 책을 읽는 일이다.

　　늪의 두려움은 그 깊이를 가늠할 수 없는 평온에서부터
　시작하듯 사랑도 그랬다

　　너와 나 사이의 와는 언제부턴가 징검다리 같았다 냇가를
　사이에 두고 건너편 마을 친구들과 돌팔매질하며 싸웠어도
　다음날이면 웃으며 징검다리를 건너 오가기도 하였고 많은
　비가 내리는 날이면 서로 바라보다 돌아가듯 우리도 그랬다

지금이라는 것은 지나간 시간과 다가올 시간의 경계선
이라는 것을 너를 바래다주고 돌아오던 차창 너머 풍경
에도 없는 듯 유리창이 있다는 것을 사는 것이 먹먹해서
야 알았다

인간人間은 왜 사이 간間을 쓰는지 알기까지 몇 번의 찬
바람이 지나갔다
　－「사람의 길」 전문

시인은 "우리"를 구성하는 "너와 나"에서 접속 조사 "와"
에 주목한 후 '와'를 "징검다리"에 비유한다. 시적 화자 '나'
와 '너' 그리고 '우리'는 "인간人間"을 대표한다. 강익수는 인
간에 내재하는 "사이 간間"에 집중하는데 이것은 위에서 언
급한 "와"와 연결된다. 그는 '인간' 또는 '사람'의 핵심으로
서 "사랑"을 선택한다. 시인에 따르면 사랑은 "평온"과 "두
려움" 사이에서 격렬하게 진동한다. 또한 "지금" 또는 '현재
의 시간'은 "지나간 시간과 다가올 시간" 사이에 위치한 "경
계선"임을 강조한다. '현재'는 '과거'와 '미래' 사이의 "유리
창"인 셈이다. 이 시는 인간의 본질을 '경계' 또는 '사이'의
관점에서 파악한다. 요컨대 강익수는 '평온'과 '두려움' 사
이에서 끝없이 움직이는 '사랑'이야말로 우리가 지향해야
할 "사람의 길"임을 밝혔다.

　강익수의 첫 시집 「호수의 책」을 검토하였다. 12편의 시
에 담긴 그의 시 세계를 이해한다는 것은 가없이 넓게 펼쳐
진 에메랄드 색 호수와 저 멀리 우뚝 선 산봉우리의 만년설
을 환하게 맞이하는 일과 다르지 않다. 시인은 '자연'을 이

해하고 '사람'을 탐구하며 '사랑'을 지향한다. 강익수가 파악하는 '사람' 또는 '인간'은 '자연'과 대비되거나 연동된다는 점에서 개성적이다. 자연의 순수함 앞에서 인간은 경계심을 풀고 친구가 된다. 또한 평화와 공포의 이중적인 상황에서 피어나는 꽃으로서의 사랑은 사람에게 주어진 진정한 방향이자 가능성이다.

단테 알리기에리Dante Alighieri에 의하면 "자연은 신의 예술이다.(Nature is the art of God.)" 또한 미국의 작가이자 심리학자인 토니 로빈스Tony Robbins, Anthony Robbins는 "완벽해지려고 애쓰지 말고, 단지 인간으로서 훌륭한 본보기가 되어라.(Don't try to be perfect; just be an excellent example of being human.)"라고 이야기하였다. 그리고 아리스토텔레스Aristotles에 따르면 "사랑은 두 몸에 사는 하나의 영혼으로 이루어져 있다.(Love is composed of a single soul inhabiting two bodies.)"

강익수는 신의 예술로서의 자연 앞에서 인간은 언제나 겸손해져야 한다고 이야기한다. 그는 자연과 진정한 교감에 이를 수 있는 사람이 하나의 영혼으로서의 사랑을 수용할 것을 강하게 믿고 있다. 우리는 자연과 사랑의 가치를 신뢰하는 인간에게, 행복이라는 이름의 안식처가 허락될 것이라는 시인의 예언에 경의를 표한다. 앞으로 강익수의 삶과 시에 영원한 행운이 함께 할 것을 기대한다.

강익수

강익수 시인은 울산에서 출생했고, 2021년 『애지』로 등단하였다. 현재 애지문학회, 글벗문학회, 시산맥 회원으로 활동하고 있다.

강익수 시인의 『호수의 책』은 그의 첫 시집이며, 『호수의 책』은 거대한 우주이며 자연의 학교이고, 이 『호수의 책』에서는 모든 사물과 동식물들이 다 살아서 움직인다. 어제도, 오늘도, 내일도, 제본 중인 호수도 살아 움직이고, 부치지 못할 편지를 쓰고 싶거나 새와 구름의 말을 읽고 싶은 시인도 살아 움직인다. 청둥오리와 새끼들도 살아 움직이고, 그림자 놀이하듯 상형문자로 화답하는 구름문자도 살아 움직인다. 지금 막 도착한 철새들과 산과 바위와 소나무도 살아 움직이고, 독서광인 물고기와 왕버들도 살아 움직인다.

이 세상은 『호수의 책』이고, 『호수의 책』은 가장 아름답고 멋진 자연의 학교에 소장되어 있다.

이메일: kfban@hanmail.net

강익수 시집
호수의 책

발　　행　2022년 10월 20일
지 은 이　강익수
펴 낸 이　반송림
편집디자인　반송림
펴 낸 곳　도서출판 지혜 계간시전문지 애지
기획위원　반경환 이형권
주　　소　34624 대전광역시 동구 태전로 57, 2층 도서출판 지혜(삼성동)
전　　화　042-625-1140
팩　　스　042-627-1140
전자우편　ejisarang@hanmail.net
애지카페　cafe.daum.net/ejiliterature

ISBN : 9979-11-5728-489-4　03810
값 10,000원

* 이 사업은 대전광역시, (재)대전문화재단에서 사업비 일부를 지원 받았습니다.